나를 닮은
사랑에게

Dear. _____

From. _____

나를 닮은
사랑에게

엄마가 되어 처음 느껴 본
낯설고도 포근한 감정들

글 · 그림 서은영

너를 만난 날

안녕?

아이야, 너였구나.
끊임없이 노크를 하며 내게 말을 걸어왔던 아이가
바로 너였구나.
이렇게 어여쁜 네가 내게 와 줘서 고마워.
한편으로 낯선 세상에 불쑥 데리고 온 게 미안해.

앞으로 엄마와 함께 잘 지내보자.
오늘은 이렇게 밤새도록 바라보고만 있어도
마냥 좋을 것 같아.

Prologue

아이를 낳고 나서 한동안 참 막막하기만 했습니다.
한 사람을 어떻게 키워낼까 고민이 가득했어요.
아이가 자라는 시간을 함께하면서 점점 깨달았습니다.
혼자서 못하는 일들을 부모로서, 어른으로서 도와주기는 하나
나 또한 아직 미숙하며 아이와 함께 자라나고 있다는 것을요.
아이가 없었다면 전혀 몰랐을 신비로운 성장 이야기는
내 안에서 동시에 시작되고 있었던 겁니다.

'네가 있어 정말 다행이고 고맙다.'라고 매일 생각합니다.
아이에게 전해주고 싶은 속마음을 글과 그림으로 정리하다 보니
그건 사실 내가 듣고 싶었던 이야기이기도 하더군요.
이 책은 불쑥 엄마가 되느라, 단단한 어른인 척하느라 힘들었던
여러분의 마음속 어린아이에게 보내는 응원이기도 합니다.
강해져야 한다고 늘 스스로를 다그치며 살았던 당신을
조금이나마 보듬어 줄 수 있다면 좋겠습니다.

우리는 성장하고 있어요. 매일매일 변하고 있습니다.
아이를 보며 열린 마음으로 생명을 대하고, 삶의 기쁨을 온전히 만끽하며
솔직하게 표현할 줄 아는 게 중요하다는 걸 깨달아요.
아이처럼 행복할 수 있는 어른이 된다는 건 참으로 어려운 일일 테지만
함께 노력한다면 못 할 일이 없을 것 같습니다.

_서은영 드림

| Contents

Epilogue

Chapter 1

너를 만나고 나서

나와 꼭 닮은 너

나와 꼭 닮은 너를 안고 있으면
어깨에 기댄 너의 평온한 숨소리와 말랑한 온기에 뭉클해져.
네가 환히 웃게 해 줄게.
네가 좋아하는 걸 할 수 있게 도와줄게.
괜히 멋진 척 다짐하게 돼.

네가 나와 닮은 게 싫다고 생각한 적이 있었어.
과거의 나는 나약한 자신이 부끄러웠거든.
얇고 투명하고 위태로웠던 하루하루가 쌓여
이제 꽤 단단해진 모습으로 바라보니 네가 나를 꼭 닮아 더 사랑스러워.
너의 예쁘고 맑은 모습을 지켜내고 싶어.
나의 약함 때문에 마음이 다치는 일이 없기를 바라고 또 바라.

앞으로 인생에 파도가 치기도 하고 모래밭에 엎어질 일도 생기겠지만,
다시 일어날 힘을 내가 보탤 수 있다면 좋겠어.
힘들 때마다 얼굴을 묻고 실컷 울 수 있는 베개가 되어 줄게.
너를 위해 엄마는 더욱 푹신해져 볼게.

너를 만나고 새로운 우주가 펼쳐졌어

중력에서 자유로워진 채 두둥실 날아올라서
깜깜한 우주를 정처 없이 떠다니다 마주한 작은 행성 하나.
난 반짝이고 아름다운 존재인 너를 발견한 최초의 사람이야.

말로 풀어 놓으면 그저 그런 흔한 표현이 될까 봐
마음속에만 아껴 두게 되는 감정이 있어.
비밀스럽게 나에게만 주어지는 열쇠로 잠긴 방에 꼭꼭 감춰 둔 이야기야.
너를 만나지 않았다면 아마 그 방은 있는지도 모르고 살았겠지.

줄곧 나의 즐거움과 나의 아픔, 나의 슬픔, 나의 목표만 바라보고 살았는데
지금은 너의 즐거움과 너의 아픔, 너의 필요를 가장 먼저 생각하게 돼.
부담감에 무릎이 꺾일까 봐 울 준비부터 했는데
너를 만나자마자 네가 또 다른 모습의 행복이라는 걸 깨달았어.

호기심으로 반짝이는 눈동자가 빛을 잃지 않기를,
가슴이 뛰는 삶을 살기를 응원하며 다시 한번 꼭 안아 줘야지.

나의 선택

너는 나의 결정으로 낳았고 선택의 기회 없이 이 세상에 오게 됐어.
나는 선택에 따르는 의무에 최선을 다할 거야.
너의 의무는 주어진 인생을 당당하게 사는 것뿐.
내가 포기한 것에 대한 죄책감이나 책임감 같은 건 바라지 않아.
어떻게 네가 받은 생명의 축복을 마음대로 정의할 수 있겠니?

매일매일 다른 색깔로 반짝이는 일상을 함께한다는 것 자체가
나에겐 행복이고 더없는 즐거움이야.
이런 감정을 안겨 준 경험이 또 있을까 싶어.

지금 모습 그대로를 사랑해.
너다움을 잃지 않도록 항상 마음을 살필게.

마음의 양식

'잘 먹여 살릴 거야.'
'내가 책임질 거야.'
작고 연약한 너를 보고 있으면 원초적인 다짐을 하게 돼.

내가 주는 것들을 흡수해 쑥쑥 자라나는 모습을 볼 때마다
서투른 엄마로서 참 신기하고 소중한 마음이 들어.
오늘도 새로운 것을 배우며 즐거워하는 너를 바라보며
지혜로이 자랄 수 있도록 최선을 다하겠다고 되뇌어.
몸의 양식뿐만 아니라 마음의 양식까지 보살피는
좋은 어른이 되어야겠다고 말이야.

우리 함께 매 끼니 야무지게 챙겨 먹고
지혜와 사랑을 마음에 차곡차곡 쌓으면서
건강하고 단단하게 살아내 보자.

누군가를 좋아하게 되는 일

지금껏 살면서 누군가를 이렇게 좋아해 본 적이 있었나.
눈웃음이 예뻐서, 웃음소리가 맑아서,
자꾸 얼굴을 마주치며 미소 짓게 돼.

내 도움 없인 아무것도 못할 것 같은 연약함 속에
날 움직이게 하는 엄청난 힘이 있어.
내가 두르고 있는 단단한 껍질을 겁 없이 벗겨내고
그 안의 말랑한 나를 손짓해 불러내.

내가 원래 이런 사람이었나 싶을 정도로 표현이 많아진 건
아마 네가 있어서겠지.
이렇게 자주 웃을 수 있는 것도,
부지런히 움직이며 행복한 얼굴을 기대하는 것도,
너와 함께하는 시간이 즐거움으로 가득 차 있기 때문이야.

누군가를 좋아하게 되면 이렇게 바뀌기도 하나 봐.
잘 웃고, 열심히 표현하고, 작은 것에 행복해하는
진짜 나를 네가 만나게 한 거야.

너를 만난 건 우연이 아니야

여행한 곳 중 기억에 남는 장소 이야기를 들려주니
"왜 나는 안 데리고 갔어?" 하며 툴툴대는 네가 귀여워.
"그땐 네가 없었으니까~"라는 대답에
"흥!" 하고 삐치는 모습도 귀여워.

"그때 그곳에서 본 아이들이 정말 행복해 보였거든.
나도 내 아이와 행복하게 살고 싶다는 생각이 들었어.
그래서 네가 엄마에게 오게 된 거란다."
다독이며 말해 줬지만 제대로 이해하지 못하는 너는
또 "칫!" 하며 고개를 돌려 버리지.

아, 이런 귀여움을 만끽할 수 있게 한
여행 속 아름다운 장면에 찬사를 보내.
문득 우리의 인연을 만든 그곳의 풍경을 함께 바라보고 싶어.

"너와 함께라서 참 좋아."

보통의 엄마

난 네 인생 계획표를 대신 짜 줄 수 없고
네가 가는 길을 미리 닦아 줄 수도 없어.
어떤 길을 걷게 될지 나 역시 모르니까.

네 앞에 고르고 평탄한 길만 펼쳐지길 바라는 마음은 당연하지만
힘든 시기는 누구에게나 찾아와.
어떤 노력을 들여도 그 쓰라린 시간을 내가 막아 줄 순 없을 거야.
그저 스스로 이겨내는 힘을 가질 수 있도록 돕고,
힘들 때 와서 기댈 수 있는 편한 존재가 되고자 노력할게.

너는 때론 이해할 수 없는 말과 행동을 하지만
내가 생각지도 못한 멋진 길을 걷게 될 존재인 건 분명해.

네가 자라는 걸 보면서 기쁨과 환희를 느끼는 한편
나의 부족한 면을 늘 돌아보게 돼.
너에게 배우며 성장하는, 노력하고 또 노력하는
그런 보통의 엄마가 되어 볼게.

잠든 너를 바라보며

아픈 너를 돌보며 며칠 토막잠을 잤더니
꿈속을 걷는 듯 몽롱하고 머릿속은 안개가 낀 듯 답답해.
뭘 해야겠다고 생각했다가도 금방 까먹고
단어들은 눈앞에서 잡힐 듯 말 듯 맴돌다가 사라져.
잠이라는 게 이렇게 중요하구나 싶어.

그래서인지 새근새근 자고 있는 너를 보면 뿌듯해.
잘 자라나고 있구나.
숨소리도 좋고 표정도 편안해 보여서 다행이야 하며
이마를 조심스레 쓰다듬고는 한참을 쳐다봐.

지금 너의 꿈속에선 어떤 이야기가 샘솟고 있을까?
오늘도 네가 궁금해.

너에게 배운다

가끔 내가 더 오래 살았다는 이유로, 손이 빠르고 능숙하다는 이유로
너의 의견을 무시하거나 네가 할 일을 대신하려 할 때가 있어.
나이가 많다고 꼭 더 많이 아는 건 아닌데 말이야.
오히려 편견 없고 순수한 상상력에서 세상을 배우곤 해.
네가 끊임없이 던지는 질문이 오늘을 더욱 풍요롭게 만들어 주지.

"구름은 날개도 없는데 어떻게 하늘 높이 떠 있어요?"
갑작스러운 질문에 나도 모르게 하늘에 떠 있는 구름을 올려다보고,
'이렇게 예쁜 하늘이 바로 위에 있었구나.'
마음의 여유를 가지고 살아야겠다는 생각을 해.

어른으로서 이미 많은 것을 경험하고 알았다고 생각했지만,
살아가는 데 정신이 팔려 주변을 살피고 누군가의 마음을 보듬는 걸
외면하고 있었구나 싶을 때가 있어.
너를 돌보며 내 안의 모난 부분을 둥글게 깎는 연습을 해.
진작에 알았다면 얼마나 좋았을까 후회도 해 보지만
네가 있기에 가능한 변화이니 어쩔 수 없잖아?
종종걸음이라도 네가 배워가는 속도와 발맞추려 노력해.

"다 널 위해서야."라는 말로 포장하지 않고
널 예의 있게 존중하며 사랑을 표현할 수 있기를.

야무지게 다짐했으면서
오늘도 쫓아다니며 잔소리를 하고 있네.
역시 배움을 흡수하는 덴 시간이 좀 걸리나 봐!

단순하고도 새로운 일상

네 등을 토닥이며 하루를 되돌아봐.
매일이 너무 빨리 지나가는 것 같아.
그만큼 내 일상이 단조롭다는 거겠지.
다 쓰지 못하고 해를 넘겨 버린 플래너처럼,
빈칸으로 남은 일상이 복사해서 붙인 듯 네모 반듯하게 정렬돼 있어.

하지만 단순해 보이는 일상을 자세히 들여다보니
시시각각 변화하는 네 생각과 모습도 가득 담겨 있더라.
쳇바퀴 굴러가듯 똑같은 일상 속에서도
너는 쑥쑥 자라며 내 하루를 매일 새롭게 만들고 있어.

잠든 네 모습을 보며 기특하다고 칭찬할 일을 떠올리고,
모진 잔소리를 한 내 모습이 생각나 후회하고 반성하기도 해.
괜히 미안해서 말랑한 손을 잡고 뽀뽀를 해.
내일은 후회를 반복하지 않기 위해
지금 이 순간에 메모 그리고 별표 백 개.

엄마의 쓸모

네가 태어나고 그동안 하던 일을 계속하기 힘들어지니
나의 쓸모가 사라진 것 같아 한동안 괴로웠어.
못난 자격지심에 괜히 울적하기도 했지.

우울한 생각은 매번 파도처럼 밀려왔다 물러나면서 값진 교훈을 남기더라.
한창 바쁠 땐 그저 힘들고 고달프지만
그 시간이 지나고 나면 깨닫는 게 꼭 있더라고.
'네가 자라나고 있구나.'
'그 시절을 함께 겪은 나도 자라나고 있구나.'

겸손한 마음으로 너를 바라봐.
'내가 그동안 필요로 했던 게 이런 거구나.'
맑은 눈을 보면서 새삼 뭉클해져.
넌 나에게 없던 걸 채워 줘.

너도 쓸모 있는 사람이 되려고 지나치게 노력할 필요 없어.
남들에게 보이는 모습에 너무 애쓰지 마.
넌 그 자체만으로 아름다우니까.

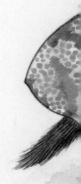

우리들의 이야기

네가 태어난 순간부터 이야기는 시작됐어.
여러 장르가 뒤섞여 있어 다음 장을 예측하긴 힘들지만
대체로 평화롭게 여기까지 흘러왔지.
성장하는 너를 보며 이렇게 많은 비밀을 품은
세계가 있다는 것에 매일 놀라.

위기의 순간을 마주하면
자신조차 제대로 보듬지 못했던 내 손이
네 손을 마주잡고 네 등을 토닥이며 다음 장으로 넘어갈 용기를 북돋아.
그러면서 나도 위로받지.

우리는 함께 다채로운 장면을 그리고 있는 거야.
앞으로 우리들의 이야기는 어떻게 흘러갈까?
너와 함께라고 생각하니 두려움은 사라지고
가슴이 부푸는 기대를 하게 돼.

그늘에서 햇볕으로

한동안 잠든 너를 보면 괜히 모든 게 미안했어.
화낸 게 미안하고 혼낸 게 미안하고.

나의 어린 시절을 떠올리고 곱씹어 보다가
내 속 깊숙한 곳에 자리 잡은 어린아이를 보게 됐어.
그 아이의 이야기를 들으면서
복잡한 생각이 하나씩 정리되기 시작했단다.
불편함과 죄책감 같은 걸 조금씩 버리면서
그늘에 쭈그려 앉아 있는 아이를 햇볕으로 끌어당겼지.

이젠 네가 잠자는 걸 볼 때 미안한 감정은 작아졌어.
대신 사랑스러움과 벅찬 감동을 크게 느껴.
너를 통해 난 점점 나아가고 있어.
네가 날 그늘에서 햇볕으로 끌어당기고 있어.

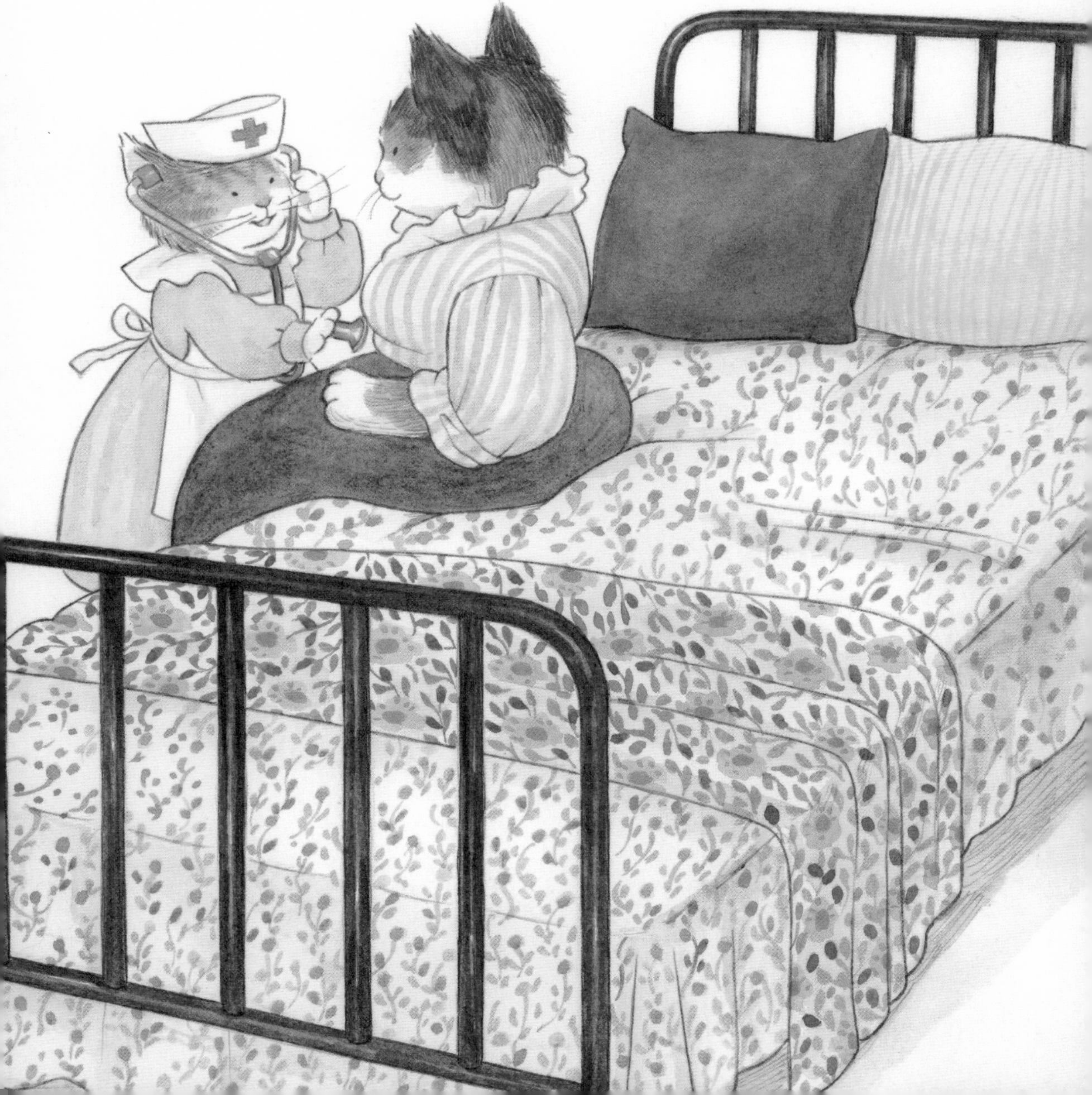

Chapter 2

새로운 세상을
알게 됐어

자유를 찾아 헤매다가도

원할 때 자유롭게 외출하는 게 얼마나 큰 축복이었는지!
젊은 시절의 나는 어리석게도 손에 쥔 줄도 모르고
두리번거리며 자유를 찾아다녔어.

널 만나고 나서야 움직이고 싶을 때 움직이고,
떠나고 싶을 때 떠나는 사소한 결정이 자유라는 걸 알았지.
심지어 집 안에서도 두 눈은 너한테 붙여놔야 했어.
한번 외출하려면 챙겨야 할 게 왜 그리도 많은지….

항상 허겁지겁 네 꽁무니를 쫓아다니던 시간을 지나
이젠 우아하게 널 두고 다닐 만도 한데
왠지 혼자 외출하는 게 허전한 거 있지.
지나가다 붕어빵이라도 발견하면 '어머, 우리 애가 좋아하는 건데.' 하며
보물이라도 찾은 양 네 생각을 하고
'따뜻할 때 먹으면 좋을 텐데.' 하며 아쉬워해.
곁에 뜨끈한 몸을 딱 붙이고 종알종알 떠들어대는 네가 없으면
온전히 신나지 않아.

이제 혼자만으론 부족한 듯한,
네가 필수가 돼버린 내 삶.

베드타임 스토리

너의 잠자리에서 매일 읽어 주던 《해리 포터》 시리즈는
결국 내가 좋아하는 책 중 한 권이 됐고,
반복해서 읽는 동안 나만의 의미를 찾았어.

어느 날, 책을 덮으며 해리 포터를 영웅으로 만든 건
악역으로 등장하는 볼드모트이지 않을까 생각했단다.
볼드모트는 이루어질지 아닐지 확실하지도 않은 예언을
무작정 믿기 시작하고는 그 예언을 어떻게든 완성하며 파멸하잖아.
자신의 얕은꾀에 스스로 걸려 넘어지면서 말이야.

'머글'인 우리의 세계라고 해서 크게 다르지는 않단다.
집착은 광기를 낳고 광기는 양심과 선함을 파괴해.
가질 수 없는 것을 욕심내면 결국 탐욕만 남은 괴물이 되지.
때로는 포기할 수 있는 용기가 오히려 자신을 성장시키곤 해.

나 자신을 돌아보고 충분히 후회도 하되
옳다고 생각되는 방향으로 묵묵히 나아가 보자.
다만 품기에 버거운 욕망은 미련 없이 버리고 갈 수 있기를.

상상의 욕조

목욕할 때 울려 퍼지는 너의 노랫소리를 듣는 게 좋아.
흥얼거리는 콧노래는 연극 대사로 바뀌고
"이얍! 흐엇!" 하는 의성어들은 함께 힘찬 군무를 춰.
'비가 오는 날의 전투인 걸까? 거긴 어디일까?'
욕조는 해적선이 되기도, 너만의 왕국이 되기도 하고,
그 안에 우뚝 선 너는 해적을 무찌르는 영웅이 되기도, 왕자가 되기도 하지.
오롯한 너만의 세상.

내가 가늠할 수도 없을 정도로 거대한 너의 상상력은
어떤 모습으로 자라날까?

목소리가 웅웅 울려 퍼지는 목욕탕 안
마냥 즐겁고 신난 목소리를 듣고 있으면,
멋진 어른이 된 너를 흐뭇하게 상상하게 돼.

사소한 것들을 모으게 돼

상처에 밴드를 붙이면
다 낫는다고 생각하는 너를 위해
예쁜 무늬의 밴드가
눈에 띄면 사 모으곤 해.

너의 사소한 관심사를 챙기는 게
하나의 즐거움이 됐어.

서랍 속 알록달록 옹기종기 모인
밴드들을 보니 네가 생각나.
학교에서 돌아올 너를 기다리며
오늘은 우당탕탕 어떤 일을
겪었을까 상상해 봐.
다친 곳 없이
재미있는 하루를 보냈기를.

기다림은 쓰지만

막막한 순간을 마주했을 땐
그저 손 놓고 있기보단 뭐라도 하려고 움직인다면
기다리는 과정이 덜 지루할 거야.
예상치 못한 교훈을 얻을 수도 있어.

실패했을 땐 눈높이를 낮추고
자신을 한 뼘 알아갈 수 있는 기회라고 생각하자.
하루하루 쌓아가는 인생을 조금 더 만족스럽게 만들려면
어떻게 할지 고민해 봐.
매일의 마음가짐이 중요하단 것도 기다림 속에서 터득할 수 있지.

멋모르고 패기만 넘칠 땐 '그까짓 세상' 운운하며
기필코 대단한 걸 이룰 거라 욕심을 부렸는데
이제는 작은 성취도 소중히 여기며 나아가고 있어.
소소한 만족감이 행복이라는 걸 모르고 산 시간이 안타깝지만
그 시절도 내 일부였으니 소중하게 껴안아야지.

기다림의 과정이 너에게 값진 경험이 되길.

잔소리 미용실

부정적인 생각들은 머리카락처럼 자꾸 자라니까
이발하듯 한 번씩 정리하며 살아야 해.
안 좋은 습관이 쌓이면 몸이 뒤틀리고 망가지듯
마음도 돌보지 않으면 곪아 터지는 데가 생기기 마련이지.

매일매일 너의 마음을 살피며 대화를 하고 또 해.
커가면서 부정적인 것들에 점점 더 쉽게 노출되는 너를 앉히고
얽혀 있는 나쁜 말과 생각을 사각사각 잘라 다듬어 줘야지.

* * *
오늘도 '잔소리 미용실'은 영업 중입니다.
달콤한 사탕도 드려요.

크리스마스 이브

일 년 중 하루, 난 특별한 존재가 돼.
어느 누구에게도 들키지 않게 잠입해 완벽한 자리에 선물을 놓아 두고,
다녀간 걸 은근슬쩍 티 내기 위해
네가 준비한 쿠키와 우유를 먹어 치워야 하지.
누군가가 간절히 바라고 기다리는 신비로운 인물이 되는 경험은 꽤 즐거워.

네가 선물을 들고 기뻐하는 모습에 설레다가도
낯익은 포장지에 고개를 갸웃하는 걸 보면 가슴이 쿵쾅거려.
치밀하지 못했던 어제의 나를 타박하며 태연한 척해.
그리고 미처 포장지까지는 준비하지 못하고 물건만 덜렁 갖고 왔다가,
서랍 속에서 포장지를 찾아내 헐레벌떡 수습하고 간
서투르고도 다정한 산타의 모습을 상상하지.
그런 장면을 떠올리며 몰래 키득대는 시간은 나한테 주는 보너스 같은 선물.

그런데 슬슬 머리 위에 뜨는 물음표.
혹시 너,
알고도 모르는 척하는 건 아니겠지?

엄마 기분 예보

시시각각 변하는 날씨처럼 환하게 웃었다가 시무룩했다가
어깨에 힘이 잔뜩 들어갔다가 우울했다가
불을 뿜을 듯 화를 내기도 하는 나를
변함없이 싱그럽게 바라봐 줘서 고마워.

내 태도와 말은 네게 햇빛이 됐다가
먹구름이 됐다가 번개를 동반한 소나기가 되기도 해.
가끔 나무를 뿌리째 흔드는 태풍처럼 으름장을 놓을 때도 있지.
예보와 다르게 갑작스러운 돌풍과 요란한 비를 뿌린 날이 많았던 것 같아서
뒤늦게 혼자 속상해해.

변덕스러운 날씨에도 천연덕스럽게 책이나 읽는 너를 보며
난 또 환한 햇빛이 될 준비를 해.

투명하고 예쁜 마음

자랑하고 싶어 근질거리는 입매,
흥분해 벌렁거리는 콧구멍,
신기해 반짝거리는 눈빛….
무슨 생각을 하고 있는지 투명하게 보이는 네 얼굴.
기쁨과 슬픔, 아쉬움과 억울함, 수줍음까지도 알아챌 수 있지.

지금은 만져질 듯 가깝게 느껴지는 너의 감정이
시간이 지나면서 점점 단단한 벽 뒤로 숨어 버릴까 봐 두려워.
네 속마음을 읽어내기도 점점 힘들어지겠지.

그 벽 뒤에서 넌 날 어떻게 떠올릴까?
난 벽을 멍하니 바라보며 안타까워 발만 동동 구르게 될까?
네 가슴에 머리를 묻고 아무리 들어보려 해도
묵묵부답이면 어떻게 해야 할까?

네가 내 앞에 서서 해맑은 미소를 지으며
감정을 온전히 드러내는 지금 이 순간을 소중히 여겨야겠다.
충분히 오래 들여다보고 느끼며 마음의 소리에 귀 기울여야지.

너의 꿈나라

침대맡에 앉아 책을 읽어 주면
넌 이야기에 푹 빠져 주인공과 함께 웃다가 슬퍼하다가
괜히 부끄러워하기도, 안타까워하기도 해.
그러다 스르르 감기는 눈을 어찌할 줄 몰라 하지.

네가 잔뜩 졸린 눈을 하고 있을 때면 괜히 말을 걸기도 한단다.
"사랑해. 잘 자. 네가 참 좋아. 나한테 와 줘서 고마워."
"응~ 응, 응!" 무진 애를 쓰며 힘겹게 대답해 주는 게 귀여워.

잠자는 동안 네 꿈속에서 펼쳐지는 장면들은 기상천외하겠지.
하루 종일 움직이며 바빴던 너를 다독여 주는 내용이면 좋겠다.
머리맡에서 들리는 내 목소리는 아마 배경 음악처럼 연주될 거야.

쌔근쌔근 숨소리에 오르락내리락하는 동그란 배를 보며
지금쯤 어떤 이야기를 만들어 내고 있을까 궁금해해.

그때그때 사과하기

하루를 돌아보면서 너한테 잘못한 일이 떠오른다면
그날이 지나기 전에 사과할게.
그렇지 않으면 사과를 잊고
네 안에 상처가 쌓이는 걸 모른 채 지나칠까 봐 걱정돼.

오늘도 미안한 일이 생긴 나는
잠이 가득한 네 눈 앞에서 손을 모으고 고해성사를 해.

내일은 오늘보다 더 말랑해져야지.
더 따뜻해져야지.
오늘의 마무리는 내 다짐을 담은 이마 뽀뽀 쪽.

인생 레시피

하루는 식빵을 구워 보기로 했어.
온갖 레시피를 다 찾아봤지만,
같은 재료로 같은 과정을 거친다고 해도 결과가 다를 수 있다는 걸 알았어.
밀가루, 물, 이스트, 설탕, 소금, 버터.
많은 재료가 쓰이는 것도, 과정이 복잡한 것도 아닌데
꽤 많은 밀가루를 쓰고 실패한 후에야 나에게 맞는 레시피를 찾았지.

재료를 앞에 두고 의지를 불태우다가도
난생처음 알게 된 요리를 시도하듯 막막한 기분이 들더라.
포동포동한 볼을 실룩거리며 눈을 동그랗게 뜨고 있는 너를 보며 초조해해.
'으아, 이번에도 실패하면 어쩌지….'
잘 해내고 싶지만 어쩔 수 없이 난 초보인 걸.

삶도 마찬가지란 생각이 들어.
자라면서 수많은 경험을 통해 너만의 레시피가 만들어질 거야.
그때까지는 방법을 찾아갈 수 있도록 돕는 역할을 할게.
나 또한 완벽하지 않기에 가끔은 원망스러울 때가 있을 거야.
내가 채워 주는 것들이 널 괴롭히는 게 아니라
힘을 줄 수 있기를 바라며,
오늘도 너와 나눌 레시피를 수정해 봐야지.

* * *
오늘의 메모 : 설탕을 너무 많이 넣지 않도록 주의할 것!
감정 기복이 심해질 수 있음.

에너지 급속 충전

늦은 밤, 침대에 누워 하루를 되돌아봤어.

가만있어 보자.
네 옷을 입혔고, 벗겼고,
씻겼고, 옷을 갈아입혔고,
밥을 먹였고, 설거지를 했고,
네가 울었고, 달래 줬고,
안아 줬고, 웃었고, 화냈고.

'날 위해선 뭘 했지?'
물음표가 떠다니는 거야.

밥은 코로 들어갔는지 입으로 들어갔는지도 모르게 해치웠고,
옷은 바지를 팔에 끼운 건지, 치마를 뒤집어쓴 건지 엉망이고,
씻긴 했나 생각도 안 나고, 머리는 뒤죽박죽.
'오늘은 며칠이더라.' 날짜도 뒤죽박죽.

아아, 내 에너지를 너한테 다 뺏겼으니 되찾아와야겠다.
널 꼬옥 안아서 다시 에너지 충전!

여행의 묘미

바다에 다녀왔어.
너는 물놀이를 하고 나는 햇볕을 쬐다가
파라솔이 만드는 동그란 그늘 아래 누워
따끈한 모래 침대의 푹신함을 느꼈지.
맑은 하늘을 배경으로 재잘대며 노는 너를 보며 하루종일 누워 있었어.
그야말로 평화로운 시간이었어.

실컷 놀고 난 후 쌔근쌔근 자는 너의 숨소리와
밤새 들려오던 파도 소리는 생각에 잠기기 좋은 배경 음악 같았어.

분명 함께해서 좋았건만
집으로 돌아와 작업실 책상 앞에 앉아
혼자만의 여유를 만끽하며 그때를 떠올리는 지금,
오히려 흥이 나서 견딜 수가 없네.
이렇게까지 자유의 시간을 좋아하는 내가 괜스레 웃기기도 해.

여행의 묘미는 여행이 끝난 다음에 더 확실히 알 수 있는 것 같아.
힘들었던 기억은 걷히고 행복했던 추억만이 가득 남아 있어서.
앞으로 너도 혼자만의 시간이 편해지겠지만
가끔은 엄마랑 여행을 떠나 주는 거다!

마법의 주문

심호흡을 하며 마음을 편안하게 다스려.
정신없는 상황 속에서 나마저 혼란에 휩쓸리면 안 된다고 다짐해.

옷장 속에 있던 옷들은 유령처럼 날아다니고,
마룻바닥은 출처를 알 수 없는 부스러기와 끈적이는 액체로 뒤덮여 있고,
애써 개어 놓은 이불은 산이 되고, 댐이 되고, 성벽이 되어 있어.
온갖 책도 책장을 떠나 땅바닥에 적군의 시체처럼 쌓여 있지.

자, 나는 이제 이 전쟁을 끝낼 수 있는
최강 마법사가 되기 위해 숨을 고르는 중이야.

'후우….'
깊은숨을 내쉬며 최대한 근엄한 표정으로
어떤 마법 주문이 좋을지 신중하게 골라본다.

"기사님, 이 임무는 당신에게 주어진 거예요.
당신이 해내지 못한다면 누구도 하지 못해요!"

어른들의 놀이터

네가 잠들고 난 후 가지고 놀던 장난감들을 돌아봐.
장난감도 너처럼 귀엽네.

너는
네가 모아 놓은 돌멩이처럼 동그랗고,
네가 조립한 블록처럼 창의적이며,
네가 접어 놓은 종이처럼 단정하고,
네가 읽고 쌓아 놓은 책 무더기처럼
조금은 어수선할 때도 있지만, 귀엽고 호기심이 많은 아이야.

"왜 어른들은 놀이터가 없어?"
언젠가 네가 물었던 질문에 대답을 곰곰이 생각해 봤어.
'어른들의 놀이터는 어디에 있을까?'
'지금 내게도 놀이터가 있을까?'

놀이를 잊고 사는 어른들.
내일을 저당 잡혀 빚에 허덕이며 하루하루 살아내는 어른들.
이러려고 태어난 건 아닌데….

그런데 생각해 보니 나의 놀이터는 집이었어.
'너랑 놀아 주기 위해서야.'라는 말로 포장했지만
너와 함께 종이접기를 배우고,
책을 읽고, 보드게임을 하고,
점토로 성을 빚고, 마분지로 칼과 방패를 만드는
여기가 내 놀이터이기도 해.

나와 놀아 줘서 고마워.

나만의 난리 블루스

너의 곁에서 필요를 채워 주며 즐거움과 행복을 느끼지만
가끔 내 도움 없이는 아무것도 못하는 게 답답해 성질을 부리고 말아.
그래 놓고 마음속 깊은 곳에선 내가 필요한 존재이길 간절히 원하고 있어.
이게 무슨 변덕인지!

넌 앞으로 점점 혼자 할 수 있는 게 많아질 테고
혼자 하려는 것도 많아지겠지.
그런 생각을 하면 기분이 아쩔해지고 조바심도 들어.
날 필요로 하는 지금의 너와 더 많이 붙어 있어야겠단 결심을 하게 돼.
아쉽지 않을 만큼 충분히.

꿈나라에 가 있는 평온한 얼굴에 대고
오늘도 다짐하고 결심하고 사과하고 행복해.
밤 깊은 시간, 너는 모를 나만의 난리 블루스.

Chapter 3

나는
아직 어설프지만

나침반 결핍증

하나님이 나를 빚으실 때 나침반을 깜빡하신 게 분명해.
길을 잃고 헤매는 일이 너무 잦아 자신에게 화가 날 때가 많아.
하지만 어떤 공간도 다양한 모습으로 기억할 수 있는
장점을 가졌다고 생각하기로 했어.

무작정 앞으로만 나아가려는 건 가끔 무모하게 느껴지지만,
이 길이 아닌가 하는 순간에 뒤돌아보면
처음 보는 새로운 세상이 펼쳐져 있더라고.
모든 것을 평면화시켜 저장하는 능력 덕분에
여태 붓을 들고 살 수 있는지도 모른다며
오히려 축복으로 받아들이니 마음이 편해.

각자가 가진 약한 부분을 사랑스럽게 바라보면
세상살이가 좀 더 즐거워지지 않을까?

어찌 됐든 다행인 건 이제 언제든 손바닥 위에 지도를
띄울 수 있는 시대가 왔고
나는 그 뒤에 살짝 숨을 수 있다는 거야.
엄마를 믿고 따라오렴!

작업실에서의 휴가

옛날 옛날에, 햇빛을 사랑하는데 집에서만 일하다 보니
후천적 햇빛알레르기가 생겨 버린 슬픈 인간이 있었단다.
책상에 계속 앉아 있으려니
떠나지도 못할 느긋한 휴가를 상상하며 딴생각을 하게 됐지.

'매여 있는 생활이 싫어 애써 자유로운 직업을 택했더니,
날개가 되어 줄 줄 알았던 고민이
이제 의자의 형태를 하고서 날 놔주지 않네.'

그런 말을 내뱉고 난 후 그 사람은
"오호!" 감탄을 하며 얼른 종이에 옮겨 적었단다.
그저 유유자적 평안하게 살다 가는 게 소원인 그에게는
이만큼 자신을 잘 표현하는 문장이 없었거든.

그는 현실적인 문제를 결정하는 속도는 느린 반면
희한한 유머에 낄낄대는 건 빠르고,
시답잖은 문장 하나에 감동받으며 눈물을 훔치곤 했지.
쓸데없이 신중을 기해 구매한 그의 팔레트는
언제 어디서든 쉽게 꺼내
휘리릭 그림을 그릴 수 있는 휴대성이 장점인데,
장점을 발휘해 볼 기회도 못 얻은 채
내내 작업실 풍경만 구경했다고 해.

일을 내팽개치고 떠나 볼까 고민했지만
마음을 가다듬고 다시 책상에 앉아 신중하게 단어를 골라.
그리고 단어에 맞는 색을 골라 붓으로 섞어 보지.

오전 열한 시 무렵의 햇살을 머금은 모래 색깔.
그 모래를 밟으며 천천히 걷는 다리의 건강한 피부 색깔.
투명하게 살랑이는 물결 색깔.
그 안에서 들킬까 가만 움직이지 않는
바닷게의 등딱지 색깔.

그는 발이 묶인 채 색으로 머릿속 휴가를 그리고 있어.

이랬다저랬다 하는 마음

가끔은 흔적 없이 이 세상에서 사라지고 싶어.
그저 온 마음을 쏟아부은 아름다운 책 몇 권만 남긴 채.

'보람차게 살아야 해, 행복해야 해, 최대한 흔적을 많이 남겨야만 해.'
의미 없는 의무감에 부득부득 악을 써대며 자기 최면을 걸다 보니
소중한 시간을 낭비하는 것 같단 생각이 들어 속상하고 슬퍼졌어.

뭐가 좋고 싫은 건지 잘 모르겠어서 더 답답해.
"나 좀 내버려 두라고! 제발…."
컴컴한 나만의 동굴 안에서 소리를 지르면
메아리가 울리며 내 귀를 계속 두드려.

가끔씩 감기처럼 찾아오는 도피증이 도질 때면
풀린 눈을 하고 멍하니 먼 산을 바라봐.
고대 생물이 뛰놀던 때의 물속을 상상하곤 하지.
'전생에 난 혹시 바닷속에서 꼼짝하지 않는 암모나이트였을까?'
느긋하게 상상하는 순간 펄떡 뛰어오르는 헬리코프리온을 발견해.

다가오는 포식자에 놀라 퍼뜩 현실로 돌아와.
'음, 역시 남길 책은 많을수록 좋겠어.'
현실을 자각한 암모나이트는 열심히 살자고 다시 욕심을 부려 봐.

식탁 앞에서의 생각

매 끼니 배불리 먹을 수 있는 게 얼마나 축복받은 일인지.
감사 기도를 올리다가 식탁 위에 놓인 나의 먹이와 눈이 마주쳐.
'나도 먹이가 되어 누군가의 식탁에 올라가는 일이 있을까?'
괜한 상상을 하다 잠깐 두려워져.

기도를 끝내고 눈을 떠 보니
먹히지 않기 위해 발버둥치는 현실로 돌아와 있어.
내가 먹어도 되는 것을 구별할 줄 알아야 하고
위험을 감지했을 땐 얼른 달아날 줄 알아야 하는 게 현실이겠지.
나는 먹이 사슬 어디쯤 위치해 있는 걸까?

이런 생각을 하는 지금도 수많은 그물이 드리워진 바다에서
고래들이 무리 지어 여행을 다니며 노래를 부르고 있겠지.

종이 몇 장의 무게

왜 남들 한다는 걸 다 하면서 살아왔을까.
집 안의 짐을 비우는 것보다
쓸데없는 발자취를 줄이는 게 더 중요할 수 있어.
남들처럼 잘 살려면 꼭 해야 한다고 믿은 것들 때문에
내 발은 너무 많은 곳을 들렀고
그래서 무거운 짐들을 짊어지게 됐어.

여러 가지 계약서, 혼인 신고서 등
사실 짊어진 건 종이 몇 장일 뿐이지만 감당해야 할 무게는 엄청나.
스스로 선택한 것이니 탓할 사람도 없지.

'더 늦기 전에 다 비워낼 수 있을까?'
'홀가분해질 수 있을까?'
'다음 생에서라도 무욕의 삶을 살 수 있을까?'
하지만 다음 생이 있대도 다양한 색깔로 범벅된 인생을 살겠지 싶어.

"아직 스스로 만든 짐을 짊어지지 않은 자들이여.
남들이 가는 길을 꼭 걷지 않아도 괜찮다네."

가끔 고래가 되어 바다를 자유롭게 헤엄치는 상상을 해 봐.
하지만 그 고래 또한 남편과 아이를 달고 있겠지 싶어 또 피식 웃게 돼.

이상한 나라

가만히 앉아 내 인생의 타임라인을 머릿속으로 훑다 보면
앨리스의 이상한 나라와 꼭 닮아 있는 것 같아.

앨리스가 토끼굴로 떨어져 이상한 나라를 탐험하는 것처럼
예상치 못한 순간 벌어지는 사건들로 인해 새롭고 낯선 세상을 마주하지.
자신이 내린 크고 작은 결정에 따라 몸이 커지기도 작아지기도 하며
기뻤다가 슬펐다가 눈물 속에서 헤엄치다
함께 뛰며 몸을 말릴 동료들을 만나기도 하는 이상한 나라.

삶 곳곳에 '나를 마셔요.', '나를 먹어요.' 유혹하는 물약들과 케이크가 숨어 있어서
그때마다 선택을 할지 말지 판단하고 결정하는 게 어렵다는 걸 느껴.
그럴 땐 왼손과 오른손에 각각 쥔 버섯을 적당히 먹으며
목이 지나치게 길어지지도, 다리가 너무 짧아지지도 않게 균형을 잡아야만 해.
갑작스럽게 내 인생에 끼어드는 '미친 모자 장수'나 '카드 여왕'이 있을지라도,
이렇게나 이상하고 낯설어도 인생은 나름 재미있고 흥미로운 것 같아.

항상 평안하지만도 않고 적당히 굴곡진, 나름 애쓰면서 외줄 타기하듯
균형을 맞춰온 내 삶을 이제는 많이 사랑하게 됐어.

너도 너만의 이야기를 만들어가길.
그리고 애태우며 이룬 그 인생을 사랑하며 살 수 있길.

"애벌레 아저씨,
우린 어디로 가야 하죠?"

"네가 어디로 가고 싶은가에
달려 있지."

"열심히 걸어가 보자.
그럼 언젠가 어딘가에 도착해 있을 거야."

싱그러웠던 청춘이여

'가는 시간을 잡을 수만 있다면…' 하며
싱그러웠던 청춘을 그리워할 때가 있어.
어떤 것이라도 다 해낼 수 있을 것 같고 그래서 좌절도 많았던,
불안을 떨쳐내려 아무렇지 않은 척했지만
속으론 두려움을 삼키며 한 걸음 한 걸음 나아갔던 시절.

어둑하고 시끌시끌했던 포장마차.
졸음을 이기며 들어야 했던 취중 연설.
끈적하고 불편했던 입석 열차.
하고 싶은 것들을 이루기 위해 참고 이겨내야 했던 모순들.
내 인생의 애달팠던 챕터들을 한 장석 힘겹게 넘기며
그렇게 어른이 되었지.

서글플지라도 지금 아는 것들을 그대로 안은 채 다시 돌아가기는 싫어.
청춘은 다가올 미래를 모르기 때문에 뽀얗고 싱그러운 것 같거든.
불안해하며 쓰러져 울다가도 다시 일어나
누군가를 껴안으며 또 환하게 웃는 청춘.

청춘이 부럽다고 그 불안까지 떠안을 수 있을까?
그저 너의 청춘에 응원을 보낼 뿐이야.
네가 불안의 시기를 겪을 때 발을 딛고 일어설 수 있는
단단한 힘을 보태줄 수 있길.

아직도 가는 시간을 붙잡고 싶다며 아쉬워하지만
이렇게 시간이 흐르는 동안
네가 예쁘게 커가는 모습을 볼 수 있어 값지단다.
네 마음과 생각이 자라나는 과정을
함께할 수 있어 감사할 뿐이야.

나이를 먹는다는 사실

나이가 들수록 얼굴과 몸은 땅에 점점 가까워져.
지구 깊숙한 곳에서 잡아당기는 듯 몸이 점점 무거워.
땅의 손아귀에서 벗어나 보려 악착같이 발버둥치지만
결국은 흙에 묻히게 되는 과정을 따라가고 있나 싶기도 해.

오늘도 땅과 힘겨루기를 하며 하늘을 쳐다봐.
여전히 눈부신 하늘과 변함없이 땅을 비추는 해에 감사하며,
힘겹지만 애써 발걸음을 내딛지.
꽃 같은 봄과 여름을 살아내
드디어 알록달록한 풍요로움을 생산해 내는 가을을 맞았는데
다가올 겨울이 시리도록 춥고 외로울까 지레 겁을 먹게 돼.

가끔은 나이를 먹는다는 사실 하나에 따라오는
온갖 상상만으로 두려워질 때가 있어.
덜 외롭고 덜 쓸쓸해지는 방법을 아직 알지 못해.
담담히 받아들이자며 마음을 다독일 뿐.

그저 매해 사계절을 온몸으로 누릴 수 있다는 것도
큰 축복이라고 생각할 거야.

무엇을 남기지 않더라도

"십 대엔 이걸 해야 하고 이십 대엔 이걸 해야지,
그래야 삼사십 대에 번듯하게 살아갈 수 있는 거야."

인생에 어떤 공식이라도 있는 것처럼
확성기에 대고 떠드는 소리들이 괴로웠어.
유년과 학창 시절을 저당 잡히고 한참 먼 미래에 빚진 듯이
시간을 들여 열심히 빚을 갚아나가곤 했지.

그런데 막상 그 '미래'가 되고 보니
소중한 시간을 빚을 갚듯 보낸 것이 억울해지더라.
'그냥 하루하루 눈 떠지는 대로 살고
흘러가는 하루하루가 모여 인생이 되는 거 아닌가?'
그렇게 생각하니 오히려 마음이 편해졌어.

옛사람들이 살아낸 그 시절들은
수많은 사람들이 함께 만들어 낸 흐름이 있었지.
내가 태어나 살았다 가는 이 시대는 어떤 새로운 물줄기로 기억될까?
나름대로 부지런 떨며 끌어왔건만 나의 생애는
이 땅을 거쳐가는 수많은 생명 중 하나로서
타임라인에 티끌만 한 점이라도 남길 수 있을까?

그럴 수 있다면 난 까르르 웃는 해맑은 물방울이 되어야지.

Don't Panic

방향치인 나는 새로운 장소를 찾아가야 할 때
항상 두렵고 막막한 마음이 들어.
지도를 들여다보고 동선을 정한 후에 움직이는데도
막다른 골목에 서 있는 경우가 있어.

새로운 일을 할 때도 '에잇 몰라. 어떻게든 되겠지.' 하며
무작정 시작하고는 문제가 생겨 종종 되돌아가곤 해.
나 같은 사람은 처음부터 차근차근 준비해야 하는데
그게 맘먹은 것처럼 쉽지가 않아.
사람마다 사는 모양이 제각각 다를 텐데 내 모양은 이렇구나 싶어.

잘 풀 수 있는 문제라도 유형이 달라지면 패닉에 빠질 때가 있지.
하지만 삶이란 게 그런 거 아닌가.
수많은 유형의 문제들을 죄다 미리 풀어볼 순 없으니까
부딪혀가며 알아가는 수밖에.

그러니 다가올 일에 미리 불안해하거나 걱정하지 말자.
'까짓것. 잘못되면 유턴하지 뭐.'
이건 나한테 하는 말.
참 멀리도 돌아가는 삶이구나 싶지만,
그동안 잘못 들어선 길도 구경한 셈 치면 되니까 괜찮아.

묵묵한 응원

어느 날 할머니가 불편한 몸을 이끌고 자취방에 불쑥 찾아온 적이 있어.
겨울이 지나가고 봄이 기습적으로 찾아와 개나리와 벚꽃들이 피어나던 때였어.
그때 할머니의 말씀은 내 마음에 좋은 향기처럼 배어 있어.

"네가 선택했으니 잘할 거야. 널 믿어."

칙칙하고 좁은 방에서 점점 작아지고 있던 내게
그 한 마디는 어떤 말보다 크게 와닿았어.
햇빛에 떠다니던 먼지마저도 멈춘 것 같았던 시간,
고인 눈물을 들킬까 봐 얼른 바닥만 쳐다보고 있었지.
응원이란 대단한 게 아님을, 난 그저 인정받고 싶었다는 걸 깨달았어.
그때는 모든 게 막막하고 서툴러서
"고맙습니다." 말 한마디 못 했던 게 아직도 아려와.

온화한 계절이 오면 잊은 줄 알았던 그날의 기억이 되살아나서
다시금 따뜻한 포옹을 받는 것 같아.
누군가의 기억에 나를 남긴다는 게 이토록 무거운 일이었음을 새삼 깨닫게 돼.

너를 있는 그대로 바라봐 줄 수 있는 어른이 되어야겠어.
그리고 너의 선택을 언제나 묵묵히 응원할 거야.

어리고 슬픈 아이

가끔 내 마음속 깊은 곳의 상처가 덧나 시리도록 아플 때가 있어.
그럴 때면 기억을 더듬어 날 아프게 한 그 길을 되짚어 본단다.
다시는 꼴도 보기 싫은 길에 어리고 슬픈 내가 쪼그리고 앉아 있어.
그 앞에 마주 앉아 말을 걸어.

"네 탓이 아니야. 너는 최선을 다했잖아."
손을 잡고 일으켜 끌어안고 다독여 줘.
어리고 슬픈 내가 실컷 울 수 있도록 기다려 줘.

현실로 돌아와 마주한 어른의 나에게 말을 건네.
"항상 좋은 날씨였을 리 없는 시간 속에서 참 잘 자랐구나.
기특하다. 대견해. 네가 잘 견뎌줘서 지금의 내가 있어."

어린 나도, 어른이 된 나도 따뜻한 위로가 필요한가 봐.
토닥토닥.

자유로운 삶

바닷가에서 파도에 밀려온 해파리를 봤어.
어떤 삶을 살다 이렇게 떠내려온 걸까?
문득 다른 생명체들의 삶이 궁금해졌어.

흐물흐물 젤리 같은 몸통이 파도에 흔들거리는 걸 보며
"너의 삶은 어땠니?" 가만히 물어봐.
짧은 생애가 안타까우면서도 얽매이지 않는 자유로운 삶이 부럽기도 해.

'꼭 뭔가를 추구하며 살아야 하는 걸까?'
'대단한 목표를 이루지 않더라도 삶은 아름다울 수 있지 않을까?'

복잡한 일상에 지친 나는 어떤 인공적인 소음도 없이
생물들만 유유히 오가는 바닷속을 한 번씩 떠올려.
가 보지도 않은 그곳을 자주 그리워하고 있어.

가을이 또 오고야 말았어

기어이 오고야 말았어.
길목마다 낙엽들이 무지개처럼 쌓여 있는 계절 말이야.
일 년 동안 수고한 나무들이 알록달록해지면 나에게 묻게 돼.
"넌 일 년 동안 무얼 했니?"
그렇게 나 자신을 옭아매.

낙엽들은 바스락거리다 가루가 되어 찬바람에 날아갈 테지.
나뭇가지들이 이파리를 다 떨구고
앙상한 모습으로 서 있는 계절이 오면 습관처럼 울적해져.

너는 그러지 않기를 바라지만
이런 나를 보며 너도 가을에 슬퍼지는 사람이 될까 봐
기억을 더듬다 흠칫 놀라.

언젠간 눈이 내리는 계절이 오겠지.
코끝과 손이 시린 추위가 오면
마음도 같이 꽁꽁 얼어붙을까 겁나기도 해.

아니야 괜찮아.
우리 서로를 끌어안고 포근한 계절을 보내자.

관계

내가 떠난 사람들과 나를 떠난 사람들이
양옆으로 서서 날 잡아당기거나 밀어내.
내가 노력하지 않아 망친 관계와
노력해도 잘 풀리지 않는 관계 사이에서 헤매고 있어.

어떤 설명도 들을 수 없고 물을 수도 없는 관계.
그런 관계에 대한 죄책감과 의무감은 버리고
홀가분해지는 날이 과연 올까?

외면하며 앞만 바라보고 있지만
말을 건네지 않는 상대가 신경 쓰여.
마음이 무거워.

아무리 당겨 봐도 꿈쩍 않는 그를 내버려 두고 뒤돌아 가.
아쉽고 억울한 마음이 들어 자꾸 뒤돌아보지만
이별이라는 게 그렇지. 쉬운 이별이 어디 있겠어.

"사랑받았던 기억만으로도 충분해."
속삭이며 놓아주는 수밖에.
안녕.

포근한 것들

《해리 포터》속 론의 엄마는 매해 크리스마스마다
아이들에게 직접 뜬 스웨터를 선물해.
론은 크리스마스 아침에 침대맡에 쌓여 있는 선물 포장을 풀다가
그해에도 어김없이 건네받은 엄마표 스웨터를 펼치며 말하지.
"또 고동색이야."
론은 집 요정에게 스웨터를 줘 버리기도 해.

어렸을 적 어느 해 겨울, 엄마가 떠준 스웨터가 생각나.
까만색과 빨간색의 강렬한 컬러에 독특한 기하학적 무늬를 가진 스웨터였어.
확실히 내 취향은 아니었지만 마음에 안 든다고 말할 수는 없었지.
엄마의 정성이 들어간 세상에 단 하나밖에 없는 스웨터라는 걸 아니까.

나에게 엄마의 사랑이란 그런 게 아니었나 싶어.
부담스러울 때도 있고 어떨 땐 강압적으로 느껴지기까지 하지만
싫다는 표현을 하면 안 될 것 같은 존재.
그런데 막상 가까이 서면 너무 포근해서 다른 건 다 잊게 되는 것.

어른이 된 후 엄마의 스웨터를 생각하니
마치 그 옷이 "사랑해. 사랑해. 사랑해."라고 속삭이는 것 같아.
나는 엄마에게 그렇게 속삭여 줄 수 있는 선물을 한 적이 있던가
머릿속을 뒤져 보게 돼.

겨울잠

어느 날 생각 깊은 곳에서 퍼올려진 기억 하나가,
현재 내 주위를 서성이는 빌런 하나가,
내가 어찌할 수 없는 상황 하나가
날 괴롭히며 놓아주지 않을 때가 있어.
밤낮 가리지 않고 내 옆에 딱 붙어서 속삭이며
날 비참하게 만들려고 애를 써.

스스로 해결할 수 없기에 무기력증은 심해져.
이 괴로움이 짧지 않을 것 같아 더 지치곤 해.
모든 걸 그냥 놔둔 채 스위치를 꺼버리고 싶어.

매일매일이 행복할 순 없지.
어쩔 수 없는 상황은 깨끗이 버릴 줄도 알아야 하는데
그게 쉽지 않아.

겨울잠을 자야겠다.
바깥은 추우니까 따뜻하고 아늑한 동굴로 들어가
맛있는 거 실컷 먹고 아무 생각 없이 뒹굴뒹굴하기.
뭐 어때, 내 인생은 내 거니까 맘대로 할래.

겨울잠을 푹 자고 나면 내게 또 봄이 올까?

눈물 가뭄

나이가 들수록 눈물이 많아진다고 하지.
맞는 말이야.
누워만 있을 뿐인데 이유 모를 눈물이 흘러.

슬플 때뿐만 아니라
기쁠 때도, 감동적일 때도 주책없이 눈물이 흘러.
내 몸의 사막화가 진행되고 있는 것 같아.
나를 말려 죽이려는 듯 달려드는 감정에 맞서야 해.

허무하게도 내가 내린 결론은 몸에서 빠져나간 물을
얼른 채워 넣을 수 있게 물병을 항상 가지고 다니겠다는 거야.
더 이상 꽃이 필 수 없는 땅이 되기 전에 꼬박꼬박 물을 충전하려고 해.
마음까지 메마르지 않도록 잘 살피고 물을 충분히 줘야겠어.

때로는 사소한 변화가 마음을 다잡아 주기도 해.

낡은 사진첩

내 인생의 사진첩을 관찰하면 외면하고 싶은 장면들이 먼저 보여.
내 마음속의 찌꺼기들.
밑바닥까지 박박 긁어내 독한 눈을 하고 들여다봐.

날 따라다니며 아프게 찔러대는 이 사진을 찢어 버릴까 태워 버릴까 고민해.
바닥에 흩어진 사진들을 손으로 훑다가
어째서인지 즐겁고 행복했던 장면에 시선이 멈춰.
'생각보다 많네.'
다시 사진들을 가지런히 모아.

이걸 어떻게 보관할까 고민하다 눈에 띄는 곳에 꽂아두기로 해.
그냥 보고 싶을 때 보고 또 보며
'좋은 날도 많았지, 아니 좋은 날이 더 많았나.' 하며
내가 걸어온 그 모든 날을 보듬을 수 있길 희망해.
나쁜 날도 나를 이룬 일부이니까.

나는 오늘도 사진첩을 빼 들고 서 있어.

'그땐 그랬구나. 나도 어렸고 당신도 어렸구나.'

연약한 마음을 안고 쓸쓸하게 울어.
좋았던 기억만 떠올라 또 아파하다 잠들어.
가지지 못한 사랑에 서러움이 폭발해
내가 불쌍해서 날 껴안고 흐느껴.

괜찮아. 내일은 또 새로운 힘이 일어나게 할 거야.

갑자기 전력 질주

"부릉부릉!"
시동 걸자마자 전력질주해야 하는 상황이야.
난 항상 왜 이렇게 마지막의 마지막까지 힘을 아끼는 걸까?
이러려고 계획을 짜는 건 아닌데….

"결국 그렇게 되잖아!"라고 자신에게 버럭해도 소용없어.
그럼에도 불구하고 난 여전히 게으르고
자꾸 재미있는 일부터 떠올려.

오늘도 숙제는 미루고 너와 게임부터 할래.
아직도 철없는 모습을 한 엄마지만 괜찮지?
일단 우리 신나게 놀자!

내 마음의 색깔

속마음을 말로 전달하기가 복잡할 땐,
정제되지 않은 울분의 덩어리들이 마구잡이로 터져 나올 땐,
차분히 글로 적어 봐.

누군가를 붙잡고 실컷 쏟아낼 수 있다면 그것도 좋겠지만
마음을 들여다보고 관찰하고
글로 적어 정리하는 과정도 필요해.

활자로 표현된 내 마음이 어떤 색깔이고 어떤 모양으로 휘몰아쳤는지 살펴보면,
와르르 쏟아낸 후 순간의 후련함을 안고 돌아서는 것보다
나를 더 잘 이해하게 된단다.

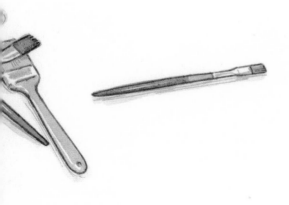

Chapter 4

함께하는 시간 동안

싸움의 기술

서로 의견이 달라 싸우게 되더라도
혼자 내린 결론만 말하지 말고 설득을 해 봐.
순간적인 기분이 앞서 비난부터 하기보다는
진짜 감정을 표현하려고 노력해 봐.

하고 싶은 말은 따로 있는데
괜히 북받쳐서 울어 버리거나
갑자기 달려들어 멱살을 잡는 게 아니라
차분하게 진심을 전할 수 있는 사람이면 좋겠어.

복잡한 감정을 정리하고 말로 표현한다는 게 쉬운 건 아니야.
널 자꾸 자극하고 등을 떠미는 듯한 격한 감정들은
붕붕 떠다니며 곧 터질 것처럼 굴겠지.
하지만 심호흡하면 마음이 살짝 가라앉고
비로소 가려져 있던 진짜 감정이 보일 거야.
그렇게 조금씩 훈련해 나가 보자.

먼저 나를 설득하고 나와 싸워 이겨 봐.
필요하다면 얼마든지 싸움 상대가 되어 줄게.

반짝이는 것들이 주는 위안

온갖 벌레들의 노랫소리가 들리는 밤,
깜빡거리는 전구에 정신없이 모여드는 나방들을 쳐다보며 생각했어.
"네가 이해돼. 나도 그렇거든."

난 반짝거리는 밤 풍경과 어둠이 밝히는 불빛이 그렇게 좋더라.
수많은 불빛이 '넌 혼자가 아니야. 나 여기 있어.'라고 말하는 것 같아 위안이 돼.
어렸을 적부터 새까만 시골의 밤은 적막하고 쓸쓸하게 느껴졌어.
견딜 수 없는 외로움, 헛헛함이 만져질 듯 생생하게 다가왔지.

친척들이 모인 시골집에서의 어느 날 밤,
난 모닥불가 평상에 앉아 다리를 흔들고 있었어.
장작불에서 분리돼 위로, 또 위로 향하는 불꽃들을 멍하니 바라봤지.
마치 영화 《스타 워즈》 속 출격하는 스타파이터들의 모습 같기도 하고,
요정 가루를 흩날리며 날아다니는 팅커벨 같기도 했어.
반짝거리며 공중으로 흩날리는 불꽃의 모습을 보며
요정들이 이 세상에 실재한다면 삶이 더 재미있지 않을까 상상했어.

상상 속에서 나방이 된 듯 날갯짓을 해 봐.
이왕이면 반짝거리는 게 많은 도시의 밤을 함께 날아다니자.

가까이의 행복

'만약에 이랬더라면, 그때와 다른 선택을 했다면' 하며
'만약에' 놀이를 하게 될 때가 있어.

기억을 거슬러 내가 꼬마일 적부터 천천히 생각해 봐.
좋은 일자리, 크고 안락한 집, 멋진 차….
놓친 기회들이 떠오르며 아쉬움이 뒤섞인 한숨이 나와.
동시에 너로 인해 인연을 맺은 유쾌한 모임을 생각하고,
아기자기하게 꾸며 놓은 이 보금자리를 둘러봐.

다른 선택을 했더라면 현재의 행복은 없는 거 아닌가?
다른 선택을 했어도 나름대로 재미있게 살았을 테지만,
지금도 바꾸고 싶지 않을 정도로 행복한 삶을 살고 있어.

'만약에'라는 단어에 뒤따르는 생각들을 돌아보고 나면,
지금까지의 인생을 잘 정돈하고 광택까지 낸 듯 뿌듯한 느낌이 들어.
볼펜 자국이나 얼룩이 있지만 아끼면서 쓴 덕분에 여전히 마음에 드는
오래된 가죽 가방을 바라보는 것처럼 말이야.

후회하느라 가까이에 있는 행복을 놓치지 말아야지.

인연의 실타래

아침 일찍 산책을 하다 보면 새벽이슬이 알알이 맺힌 거미줄을 보게 돼.
밤새 대규모 공사를 끝낸 거미들의 노고에 감탄하며
하나하나 자세히 보게 된단다.
경이로운 무늬를 보며 심오한 사색에 잠기기도 해.

인생은 내가 선택할 수 없는 인연부터
우연히 만나지는 인연, 만나야 하는 인연,
또는 끊어내야 하는 인연이 마구 꼬인 실타래처럼 엉켜 있어.
리본처럼 단정하게 묶인 인연도 있지만
끊어 달라는 애원에도 내가 절대 그러고 싶지 않은 실도 있을 거고,
절대 풀 수 없게 매듭져 아무리 풀고 싶어도 안 되는 것들이 있기도 하지.

꼭 끊어내야 할 것 같다면 모진 맘먹고 가위로 싹둑 잘라야 해.
속 시원하게 뒤돌아 신나게 떠났다가
한참이 지나 옷깃에 붙어있는 실오라기를 발견하고는
설움과 그리움이 폭발해 펑펑 울기도 할 거야.

칭칭 묶여 있어도 싫지 않은 실, 잊은 채 방치돼 있는 실도 있겠지.
새로운 인연에 집중하느라 미처 신경 쓰지 못한 묵은 인연들.
밤사이 이슬을 맞거나 추운 날씨에 서리가 내리면
있는 줄도 몰랐던 거미줄이 모습을 드러내듯
어떤 계기로 방치된 인연이 문득 떠오를 거야.

그 실을 풀든지 자르든지 다시 한번 잡아당겨 보든지
그건 네 선택에 달려 있어.
관계엔 정답이란 없으니까.
다만 일단 네가 아프지 않게,
그다음엔 상대가 아프지 않도록 잘 풀어나가기를 바라.

진심을 지켜 줘

"너한테만 얘기하는 거야."라는
공허한 속닥거림에 사로잡히지 않기를.
가볍게 떠다니는 말들은 가볍게 날려 버릴 수 있어야 해.

쉽게 믿으면 쉽게 상처받고,
체념하고 마음을 닫게 돼.

'비밀'이라며 포장된 가십거리와 깊은 감정을 털어놓는 말을 구별해
상대방의 진심을 소중히 지켜 줘야 해.
떠벌리는 사람이 되지 말렴.

'귓속말에 현혹되지 말 것.'
내가 네게 하는 귓속말.

Do Nothing Day

아무것도 안 하고 싶은 날이 있지.
그런 날은 조급해하지 말고 가장 편한 자세로
의자에 축 늘어져서 떠다니는 구름을 바라봐.
어영부영 일어나 어슬렁어슬렁 걸어 다니다가
책장에서 책 한 권을 뽑아 와 머리에 베고 게으름을 피워.

아무것도 안 하고 싶은 날,
옷마저도 거추장스러운 날에는
그냥 훌훌 벗고 아무 데나 누워 있자.
마치 침대나 식탁이 된 것처럼 사물 놀이를 하자.

창밖에서 들려오는 소리에 편하게 귀 기울이면서
마치 땅이 된 듯, 나무가 된 듯 시간을 흘려 보내자.
가끔은 그렇게 시간을 보내도 괜찮단다.

사랑과 미움, 그리고 미안함

네가 종이에 내 이름과 함께 '사랑해'라고 커다랗게 써서
선물이라며 방문에 자랑스럽게 붙여 놨던 적이 있지.

나와 싸우고 분통이 터질 때면 방문 앞에서
조금씩 그 종이를 찢었나 봐.
속상해서 펑펑 울며 한 귀퉁이 찢고,
미운 마음에 또 한 귀퉁이를 쭉 찢었다고 쭈뼛대며 말하던 너.

너덜너덜해진 종이를 보니 미안한 마음이 먼저 들었어.
나 때문에 상처받을 때마다 결국 네 마음도
찢기고 너덜너덜해지진 않았는지.

나도 네 이름과 사랑한다는 쪽지를 나란히 붙여 놓을래.
내 마음도 습자지처럼 얇고 팔랑거려서 잘못 판단할 때도 있다는 걸
너도 알아줬으면 하는 마음 하나.
미울 때도 있지만 항상 너를 떠올리고 사랑한다는 마음 하나.

책과 어깨동무

책장에 빼곡히 꽂혀 있는 책들을 보며 대청소를 결심해.
어떤 기준으로 책을 비워낼까 고민하다가
내가 가장 자주 어슬렁거리는 장소가 책장 앞이라 생각하니
책들이 일상을 살아내는 데 무엇보다 중요하다고 느껴져.
외로움이 어느 순간에 어떤 모습으로 찾아올지 모르거든.

집 밖으로 나가기도, 누구와 얘기하기도 싫어질 때가 올 수 있어.
혼자라서 맘 편하다가도 외로움이 뼈에 사무칠 거야.
그럴 때 이 책들이 덜 외롭게 어깨에 팔을 둘러줄 거야.

성장하는 동안 내게 책은 다른 세상으로 가는 통로였어.
책이 데려다 주는 상상의 세계는 흥미로웠어.
자유롭게 떠오른 공상은 점점 넓어졌다 다시 좁아지며
나만의 평온한 시간을 선물해 주더구나.

갑자기 닥쳐오는 시련을 어떤 책이든 단숨에 해결할 순 없겠지만,
사건의 맥락을 파악하고 이해하며 바라볼 수 있게 도울 거야.
그것만으로도 한결 나아질 거란다.

요행

가끔 하늘에서 돈다발이 뚝 떨어지면 행복하겠다고 생각할 때가 있어.
갑자기 어마어마한 돈이 생긴다면 이것도 하고 저것도 하고 참 좋겠다고.
그러다가도 손에 잡히지 않는 괜한 요행을 바라지 말자고 다짐해.

요행이라는 건 인간관계에서도 기대하지 말아야 해.
맥락 없이 맺게 되는 달콤한 관계를 조심해야 한단다.
행동이 지나치거나 뜬금없다 싶은 사람을 멀리하렴.
자기만의 원칙이 있는 사람을 가까이 하기를.

누구든 첫인상으로 파악할 수 있을 거라 장담하지 마.
여러 번 보아야 내면을 알 수 있으니 자신의 판단을 단번에 믿지 마.
겉표지와 제목에 속지 말고 프롤로그와 차례를 꼼꼼히 읽어야
좋은 책을 고를 수 있는 것처럼 인간관계도 신중해야 한단다.

물론 너도 그래.
네가 한 권의 책이라면 겉표지만 화려한지.
두고두고 읽힐 만큼 내용이 실속 있는지 항상 점검할 필요가 있어.
요행을 바라기보다 차곡차곡 지식을 쌓아 좋은 책과 같은 사람이 되기를.

피터 팬

《피터 팬》의 작가 제임스 매튜 배리는
형의 죽음으로 우울증에 시달리는 엄마를 위로하기 위해
오랫동안 죽은 형의 옷을 입고 형을 흉내 내며 살았다고 해.
꼬마 제임스의 애달픈 슬픔이 느껴져서 가슴이 아렸어.

놀라운 건 형이 죽던 때 150cm가 채 안 됐던 제임스의 키는
그 뒤로도 전혀 자라지 않았다고 해.
영원히 아이로 살아가는 소년 피터 팬은
바로 죽은 형이자 자기 자신이기도 한 셈이지.
어린 시절의 상처는 온전한 어른이 되지 못하도록 발목을 잡아.

순수하고 예쁘고 포동포동한 네 모습 그대로가 너무 좋아서
지금 이 순간이 오래 가길 바란 적도 있어.
하지만 너는 날이 갈수록 생각의 깊이도, 말솜씨도, 감정도 자라나겠지.
조금씩 자라는 새싹 같은 너를 있는 그대로 받아들이기 시작하니
하루하루 더욱 사랑스럽고 자랑스러워.

다섯 살 때의 모습 그대로
일곱 살 때의 모습 그대로
격한 감정이 휘몰아칠 때의 모습 그대로
어른이 되어가는 과정 그대로
너는 너답게 변화하는 모습이 아름답다는 걸 깨닫고 있어.

다시 아날로그로

빛바랜 돌사진. 여닫이문이 달린 가구장 속 배불뚝이 텔레비전.
레코드판에 조심스레 바늘을 올리면
우렁찬 매미 소리와 뒤섞여 들려오던 지지직거리는 음악 소리.
피아노를 치면 옆집 옥상에서 빨래를 널던 아주머니가
박수를 쳐주던 과거의 장면들 사이에 미래를 상상하는 내가 있었어.

삐삐, 큼직한 시티폰, 구형 스마트폰과 함께한 시절을 거쳐
커다란 모니터 두 개를 이어 붙인 책상 앞에 앉아
스마트하게 일하는 직장인이 되었지.
상상 속의 모습과 어렴풋이 비슷한 멋진 어른이 됐다고 자부했어.

그런데 언젠가부터 컴퓨터 안에만 존재하는 작업물을
실제로 만질 수 있다면 얼마나 좋을까 생각했어.
내 소중한 작업물을 세상 밖으로 끄집어 내고 싶었어.
직접 손으로 사각사각 결과물을 만들어 내고 싶은 간절한 마음은
자려고 누웠을 때도 귓속에서 계속 사각거리며 나를 유혹했어.
결국 안락함을 뒤로하고, 불안하지만 가슴이 뛰는 쪽을 택했지.

물감들을 섞어 색을 만들고 채운 그림을 한참 바라봐.
찢어 버리고 싶은 날도 수없이 많았지만, 종이의 질감을 손으로 느끼고
좋아하는 붓과 연필, 물감을 직접 쓸 수 있다는 게 신났어.

앞으로 세상은 더 발전할 거고, 사람들은 기계에 점점 더 많은 걸 맡기게 될 거야.
그럼에도 손으로 만지고 눈으로 보는 즐거움을 잃지 않길.
부디 몸을 움직여 땀을 내고 무언가 완성하는 일을 멀리하지 않는 사람이 되길 바라.

지금, 충분히 사랑하기

"엄마는 따뜻해.
엄마는 말랑말랑해.
그래서 좋아.
백만 년 동안 사랑할 거야."

너와 나 사이에 말하지 않아도 통하는 그 느낌은
언어와 생각 너머의 뭔가가 아닐까 추측을 하게 돼.
만약 내가 죽어 이 세상을 떠나게 된다면 아무것도 남지 않는 걸까?
만약 인사도 제대로 하지 못한 채 이별하게 된다면
정말 완전한 끝인 걸까?

이 세상에 왔다가 억울하게 혹은 아프게
떠난 영혼들은 어떻게 되는 걸까?
사랑, 아쉬움, 억울함, 욕망 같은 기억도
먼지처럼 바스러져 우주에 흩어지는 걸까?
너와 나는 다시 만나지 못하고, 알아보지도 못하게 되나?
살아 있는 자들에겐 한 번의 기회밖에 없는 걸까?

인생이란 무엇인지, 죽음 너머엔 뭐가 있을지
깊은 생각에 한참 잠겨 있다가 정신을 차려.
한 번뿐이라면 지금 이 순간에 최선을 다해야지.
콩닥콩닥 심장이 뛰는 따뜻한 너를
충분히 사랑해야지.
단순한 결심을 하며 안심해.

함께 기뻐하고 슬퍼할 수 있는

누구나 처음엔 부정적인 본능을 쉽게 감출 수 있어.
슬픈 일이 일어났을 때
위로하며 너의 환심을 사기도 어렵지 않아.
그러니 네게 좋은 일이 일어났을 때
진심으로 축하할 수 있는 사람인지를 눈여겨봐.

아무리 매력적으로 보이는 사람이라도
네가 편해질 때쯤 드러나는 태도와 말을 관찰해 봐.
어느 순간 예의가 사라지고 시기 질투가 느껴진다면
더 이상 그의 곁에 있을 필요가 없어.

네가 잘되길 바라고, 잘됐을 때 함께 기뻐하는 사람을 곁에 둘 수 있기를.
너 또한 잘되길 바라며 진심으로 축복할 수 있는 사람의 곁에 머물기를.

언제든 돌아갈 곳

네게 외로움, 갈등, 슬픔을 쉽게 말할 수 있는 존재가 되어 줄게.
힘들고 지칠 때면 돌아갈 곳을 떠올리잖아.
그런 편안한 곳이 내 품이길 바라.
"엄마! 있잖아, 나 이런 일이 있었다. 그런데 에잇….” 하며
재잘재잘 이런저런 말을 편하게 털어놓을 수 있는
따뜻한 품이 되고 싶어.

내 아이야.
나는 비록 완벽하지 않고 실수투성이지만
들어 주는 건 세계 최고로 잘할 수 있어.
고개를 끄덕이고 머리를 쓰다듬으며 토닥여 주는 건 잘할 자신이 있어.
"우와 정말?” 감탄도 잘할 수 있어.

세상에 뛰쳐나가 부딪혀 보고 성취도 해 보고
때론 실수도 하면서 너의 인생을 차근차근 쌓아가다가
지치고 고단할 땐 언제든 와서 안겨 칭얼거려 주면 좋겠어.

Chapter 5

너로 인해
성장한다

자주 감동하는 삶

하루하루의 기억을 구슬로 만들어 목걸이에 꿰어 봐.
일 년치 구슬로 만든 목걸이는 어마어마하게 길 거야.

나이가 들수록 어른의 시간은 점점 더 빨리 가는 것처럼 느껴져.
목걸이 역시 조금씩 단조로워지고 길이도 짧아져.
같은 구슬을 여러 개 꿸 필요가 없으니까.
목을 죄어올 정도로 짧은 목걸이를 걸고 사는 건
숨 막히고 답답한 일인 것 같아.

네가 모은 다채로운 구슬을,
작은 일에도 신기해하고 행복해하는 모습을 보고 있으면
앞으로도 오랫동안 이 기쁨을 유지했으면 하는 간절한 소망을 품게 돼.
매일매일 새로운 행복을 발견하는 재미를 아는 어른이 되면 좋겠어.

나 또한 단순한 일상 속에 갇혀
틀에 박힌 생각을 하는 어른은 되지 않을래.
새로운 발견과 감동을 자주 느끼도록 노력할게.

계속 나아가자

힘든 날, 슬픈 날들을 밟고서
그래도 계속 앞으로 나아가자.
걷다 보면 꽃밭도 만나게 되겠지.
삶이란 그런 거야.

손을 꼭 잡고 나아가자.
그냥 같이 걸어가 보는 거지, 뭐.

걷다가 지치면 눈물을 닦아 주기도 하면서,
서로 마주 보고 실컷 웃을 수 있는 그런 여정이 되길.
그저 오래도록 함께 걸을 수 있다면 좋겠어.

여유롭고 자유롭게

이제서야 나는 내 몸을 돌보려 노력해.
몸을 돌보는 건 마음을 들여다본다는 뜻이기도 하지.
몸과 마음은 떼려야 뗄 수 없는 관계니까.

그동안 관심 갖지 않고 쉽게 써 온 내 몸은 툭하면 긴장해.
여유를 부리고 싶을 때도 습관적으로 굳어 있어.
언제든 쓸모 있는 사람이 되어야 한다는 강박 같은 걸까?

하지만 이젠 알아.
쓸모로 사람의 값어치가 매겨지는 게 아니라는 걸.
우리는 여유롭고 자유롭게 살 자격이 있어.
그래도 된다는 걸 난 좀 늦은 나이에 알았지만
지금부터라도 힘을 빼 보려고 해.

편안함에 행복이 스며드는 법.
치열함은 잠시 내려둘래.
내가 어쩔 수 없는 일까지 끌어안지 않을거야.

트램펄린 위에서 날 수 있기라도 하듯
방방 힘차게 발을 뻗으면서,
멀어졌다 가까워졌다 하는 풍경을 바라보면서,
관계에서 느슨해지는 연습을 해 볼래.

숨은 파수꾼

자율학습 시간에 가끔 학교 담을 넘어
나름대로의 자율 시간을 보내던 나는
누구와도 마주치지 않고 잘 숨어 다녔다고 생각했어.
하지만 그런 날에도 엄마는 어김없이 내 하루 일과를 알고 있었지.
그게 무섭고도 신기했어.

어른이 되어 보니 비로소 알 것 같아.
낯익은 아이들은 저 멀리서도 눈에 띄는 거 있지.

'어머, 옆에 있는 애는 누구지? 남자친구인가?'
'쟨 여전히 수다쟁이네.'
'엄마처럼 아들도 목소리가 우렁차구나!'

혼자 감탄하기도 하고 슬며시 웃기도 하면서
의도치 않게 관찰을 해.
엄마가 되니 그동안 못 보던 걸 발견하는
제3의 눈이 생긴 걸까?

나도 모르게 자꾸 어른의 오지랖을 부리고 있어.
모른 척 아이들이 안전하게 길을 잘 건너는지만 보면 되는데,
속속들이 알고 싶어해.
이렇게 동네마다 숨은 파수꾼이 아마 나 말고도 많을 테지.
순수한 너희들의 모습을 바라보는 것 자체가 큰 기쁨이라서 그래.

말랑말랑한 마음

나에게 닥친 상황을 무조건 해롭다, 나쁘다 하며 쉽게 판단하는 건 위험해.
사각지대에 다른 의미가 숨어 있을 수 있어.
지나친 확신을 갖고 대하기보다 가능성을 열어 놓고 생각해 봐.

우리가 사는 이 세상은 언제 어떻게 틈이 생길지 몰라.
그 틈이 벌어졌을 때 단단하게 닫힌 마음으로 인해
긍정적인 면을 찾지 못한 채 내 안의 뭔가가 파괴될 수도 있어.
좀 더 말랑해질 필요가 있단다.

난 네가 어떤 삶을 살게 될지 전혀 몰라.
살면서 힘들지 말라고 좋은 길을 미리 찾아 줄 수도 없어.
네가 어느 방향으로 갈지 모르는 거니까.

그저 괴로운 일로 인해 힘들지라도
다시 회복할 수 있는 말랑함을 지니기를.
받아들이기도 포기할 줄도 아는 사람이 되기를 바랄 뿐이야.

부활절 달걀 찾기

나는 좋아하는 일을 직업으로 삼아 행복하지만
가끔은 모든 걸 비우고 쉬고 싶을 때가 있어.
쉬는 게 어색해 그런 열망만 가슴에 가득 채운 채
의자에 묶인 듯 붓을 움직여.
일에 집중하다 보면 의도치 않게 과거의 내 모습을 맞닥뜨릴 때가 있어.
불투명한 미래를 걱정하며 불안해하는 과거의 나에게 살짝 귀띔을 해.

"네가 하고 싶어 하는 그 일을 실컷 하게 될 거야. 아주 지긋지긋하게.
그러니까 너무 걱정하지 마."

과거의 내가 그렇게 갈망하던 일을 하고 있는
지금의 내가 갑자기 대견하고 기특해져.

한순간에 새로운 사람이 되긴 힘들겠지만
그동안 걸어온 길을 돌아보고, 잠시 멈춰 주변을 살피다 보면
언젠간 나를 감싼 묵은 껍데기를 깨고
홀가분한 기분으로 새로운 세상을 마주하게 될 거야.
지금은 일어날 힘도 없이 넘어져 있는 듯 느껴지더라도
땅에서 남들이 보지 못한, 부활절 달걀 같은 행운을 찾을 수도 있을 거야.

"네 인생에 몰래 다녀간
부활절 토끼가 숨겨 놓은 달걀을 찾아보렴.
하나씩 발견할 때마다 느끼는 희열과 감동이
인생을 조금 더 행복하게 할 거란다."

편안한 날

나른한 휴일 오후,
옆집 아이가 마당에서 줄넘기 연습을 하고
새소리가 간간이 들리던 날.
햇빛이 마룻바닥에 네모난 창문을 만들 무렵
옆집 아이는 줄넘기에 지쳐 집으로 들어갔고,
우리는 만족스러운 늦은 점심 식사를 마쳤지.
각자의 시간을 보낸 후 침대에서 만나
함께 뒹굴뒹굴하다 스르르 잠이 들었어.

빈둥대며 뭐 하고 놀까 어슬렁거리다가
이 책 저 책 들춰 보다 졸리면 그냥 잠드는 게 유일한 목표인 날.

우리가 함께이기에 안락하고 포근한 날.
잔소리도 계획표도 없는 날.
서로에게 편안함을 새기는 날.

사색의 시간

어느 정도 자란 네가 방문을 쾅 닫고 들어가
침대에 누워 인생의 의미를 헤아리는 장면을 상상해.

'나는 누구일까? 어떻게 살아가야 할까?'
'나는 어디쯤에 서 있는 걸까?'
철학적인 주제가 네 머릿속에 넘쳐흐를 때
그 중요한 시간을 방해하지 않도록 차분히 기다려 줄 거야.

굳게 닫힌 방문이 열리며,
"다녀왔습니다." 인사하며 문밖으로 나오면
그때는 힘차게 안아 줄 거야.

확실한 답을 얻지 못했더라도
그런 시간을 가진다는 것만으로도 넌 조금씩 나아가는 거야.
인생은 물음표 투성이 속에 숨겨진
느낌표들을 찾는 재미로 살아가는 거니까.

물음표 가득했던 내 인생에 나타난 네 존재는
큰 느낌표란다.

시작이 힘들 때

그럴 때가 있지.
모든 게 흐트러진 것 같은데
어디서부터 손을 대야 할지 알 수 없는 때 말이야.

아무것도 손에 안 잡혀서 무기력할 때,
별거 아닌 장난감만으로도 즐겁게 노는 너를 바라봐.
찰흙 공 하나로 최고의 농구 선수가 되기도 하고,
종이로 접은 비행기를 날리며 전장을 누비는
공군 총사령관이 되기도 하지.
상상으로 풍요로움을 만들어 내는 너를 보며 힘을 얻어.

펜과 종이를 앞에 두고
숨을 깊게 들이마시며 미래를 그려 봐.
먼훗날의 나는 불쑥 눈앞에 나타나 뒷짐을 지고
미소를 지으며 말하겠지.

"잘할 거야, 시작이 어려운 거지.
일단 시작해 보면 즐기게 되는 날이 올 거야."

넘어야 하는 허들이 끝도 없이 생겨나
"어디 한번 넘어 보시지!" 하며
약 올리는 것 같지만 어떻게든 넘어가긴 할 거야.
너를 보며 용기를 얻었으니까.

다양한 모습을 존중하며

주위를 돌아봐.
어떤 상황에서도 곳곳에서 피어난 사랑을.
때로는 지치고 무기력해 보이지만 극복해 희망차고 기운이 넘치는 모습들을.
난 이런 다양한 이들의 모습에서 살아갈 힘을 얻어.

누군가를 밟고 일어서 높은 곳에서 내려다보거나
다른 이를 올려다보고 똑같아지려 노력하는 것이
삶의 목적이 되지 않도록 경계하렴.
한 쪽만 바라보다 보면 몸도 균형을 잃고 말아.

다양한 존재 속에 섞인 나와 너,
각자 뿜어내는 자그마한 빛이 모여
거대한 에너지가 되고 그 힘으로 세상이 굴러가는 거란다.
여러 의견을 받아들이고 소화할 수 있는 유연함을 잃지 말기를.

난 조금 느리지만 생각이 많아.
그리고 흘러넘치는 생각들을 종이에 주워 담는 조그만 능력이 있지.
넌 어떤 장점이 있는지 잘 생각해 봐.
분명 너만의 사랑스러운 능력이 있을 거야.

지나고 나면

'잘못되면 어쩌지.'
'잘 해내지 못하면 어쩌지.'

당시엔 무척이나 고통스러웠던 일도 과거의 기억이 되면
통증은 어느 정도 사라지고 배울 점이 남는 경우가 있어.
고통의 파도를 맞을 땐 정신을 못 차릴 정도로 괴롭지만
파도가 쓸고 간 후 반짝거리는 모래 위에 드러난 장면은 꽤 아름답기도 해.
예쁜 조개껍데기들을 주워 모으듯 아픔도 추억하고 간직할 수 있지.

지금 고통스럽다면 잠깐 멈추어 자신을 다시 바라보렴.
어쩌면 멋진 인생을 살아낸 사람의 자서전 속에 들어와 있다고 생각해 봐.

'나는 주인공이야.'
'나는 어려움을 겪고 있지만 이 상황에 절대 지지 않을 거야.'

바락바락 악을 써가며 충분히 울고 미워하고 욕을 한 다음
벌떡 일어서서 성큼성큼 고통의 방을 나가는 거야.
어떤 결말을 맞이했든 힘든 상황 속에서
작은 행복을 발견했다면 분명 멋진 삶일 거야.

인생이라는 레이스

열심히 그림을 그리거나
누군가와 대화하며 웃음을 터뜨리거나
멍하니 생각에 잠겨 있거나
침대에 누워 발가락을 꼬물거리거나
몸을 부지런히 움직이든 멈춰 있든
감정은 늘 빙빙 소용돌이치며 돌아가고 있어.

우리는 태어나는 순간부터 인생이라는 레이스에 밀어넣어져
쉼 없이 뛰고 있어.
러닝화를 신고 가벼운 몸으로 뛸 때도 있을 테고
바람이 좋아 연을 날리며 신나게 달릴 때도 있을 거야.
반면, 앞서 달리는 사람의 뒷모습만 쳐다보며 뛸 때도 있을 거고
물이 없어 갈증에 시달리며 뛸 때도 있지.

앞사람을 제치는 게 중요한 게 아니라
참가만으로 큰 의미가 있는 레이스임을 잊지 말았으면 해.
바람이 좋으면 바람을 즐기고, 꽃이 좋으면 꽃을 구경하면서
나만의 속도로 뛰어보면 어떨까?
남들과 똑같은 속도로 뛸 필요는 없어.
각자의 결승선에 적당한 때 도착하면 되는 거지.

오늘도 달리느라 수고 많았어.

너와 나 사이의 거리

너로부터 나를 독립시켜야 할 때가 올 거야.
조금 거리를 두고 서서 바라보는 게 더 편할 때가 올 거야.
아마 아쉽고 서운하기도 하겠지.

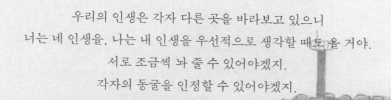

우리의 인생은 각자 다른 곳을 바라보고 있으니
너는 네 인생을, 나는 내 인생을 우선적으로 생각할 때도 올 거야.
서로 조금씩 봐 줄 수 있어야겠지.
각자의 동굴을 인정할 수 있어야겠지.

하지만 이렇게 말하는 난 과연 너를 놓을 수 있을까?
놓지 못하는 쪽이 내가 될까 봐 두려워.

행복의 무게

잘 입히고 잘 먹이기 위해 끊임없이 공부해 온 시간.
어떤 책을 함께 읽으면 좋을지 책장 앞에 한참을 서 있던 시간.
벚꽃처럼 포근한 분홍색이 좋을까, 하늘처럼 시원한 파란색이 좋을까,
정작 너는 기억도 못 할 담요 색깔을 고민하던 시간.
함께 팝콘을 집어먹으며 재미있는 영화를 보던 시간.
배탈이 난 너의 배를 문질러주다 화장실 앞에 앉아 꾸벅꾸벅 졸던 시간.
뜨거운 이마를 짚어가며 자다 깨다를 반복하던 불면의 밤들.

종이접기라는 걸 처음 해 보고는 엄마는 잘하는데
왜 자기는 이렇게 삐뚤빼뚤이냐며 엉엉 울던 너.
책 속 글씨는 말풍선에 들어가 있어야 읽는 맛이 난다던 너.
이젠 나는 따라가지도 못할 정도의 종이접기 실력을 뽐내고,
글이 빼곡한 소설책도 음미하게 되었구나.

정신 쏙 빠지게 힘들던 날과 귀찮음에 진저리치던 날 모두
내가 짊어져야만 했던 책임의 무게.
거기에 내가 흘린 땀과 눈물을 더한 것은
곧 행복의 무게.

작지만 특별한 점

우리는 이 넓은 세상의 점 중 하나일 뿐이야.
수많은 능력을 가진 이들 가운데
우리의 존재는 작고 볼품없어 보일 수 있어.

하지만 나에겐 너라는 존재가 무엇보다 특별해.
무수히 많은 생명 중 네가 나한테 와 안겼다는 건 대단한 의미야.
함께 있으면 한없이 즐거운 존재가 생긴 거니까.

오늘도 주고받는 대화로 서로를 이해하고 위로해.
너를 웃기기 위해 건네는 농담, 슬픔을 위로하는 포옹,
뭐 하나 중요하지 않은 게 없어.
삶이 그런 것들로 가득 차 있다고 생각하니 덜 외롭기도 해.
서로에게 건네는 따뜻한 미소와 위로의 손길이 모여
우리가 살아가는 세상을 반짝거리게 하지.

주위를 둘러보고 가만히 살펴봐.
마음을 주고받을 수 있는 이가 있기에
삶이 더 반짝거리는 거 아닐까?

Epilogue

Dear. 나를 닮은 사랑에게

너의 눈을 쳐다보며 지혜로운 어른으로 자라겠다고,
어른으로서 최선을 다하겠다고 굳게 다짐해.
서로를 귀하게 여기는 가족이 되기를,
가족 안에서 더욱 안락하기를 간절히 바라.
뛰쳐나갔어도 언제든 다시 돌아올 수 있도록
너를 위한 마음의 문을 항상 열어 놓을게.

혹시라도 네가 선택한 게 아닌 가족이란 인연이 너를 아프게 한다면,
한 걸음 떨어지고 싶지만 죄책감을 느낀다면,
걱정 말고 새로운 가족의 형태를 꾸려 보렴.
이 세상엔 아주 많은 모양의 가족이 존재한단다.

너를 있는 그대로 바라봐 주고 예쁜 미소를 지어 주는,
너의 좋은 점을 더 많이 찾아내는,
표정만으로도 기분을 알아채고 안아 줄 수 있는 가족.
언젠가 그런 가족을 새로 꾸리기를 바라.

그날이 온다면 나도 한 걸음 물러서서 너를 바라보며 응원할 거야.
진심으로 행복하기를.

From. 엄마가

나를 닮은 사랑에게

초판 1쇄 발행   2024년 2월 1일

지은이   서은영
펴낸이   허대우

편집   한혜인, 이정은
디자인   도미솔
영업·마케팅   도건홍, 김은석, 이성수, 정성효, 김서연, 김경언
경영지원   채희승, 안보람, 황정웅

펴낸곳   ㈜좋은생각사람들
주소   서울시 마포구 월드컵북로22 영준빌딩 2층
이메일   book@positive.co.kr
출판등록   2004년 8월 4일 제2004-000184호

ISBN   979-11-93300-15-2 (03810)

좋은생각은 긍정, 희망, 사랑, 위로, 즐거움을 불어넣는 책을 만듭니다.
positivebook_insta   www.positive.co.kr